정지용문학상

수상작품집

정지용문학상 수상작품집

초판 1쇄 인쇄　2017년 5월 10일 인쇄
초판 1쇄 발행　2017년 5월 15일 발행

저　자　박두진 외 28인
발행인　박현숙
펴낸곳　도서출판 깊은샘

디자인　파피루스

등　록　1980년 2월 6일 제2-69
주　소　서울시 용산구 원효로80길 5-15 2층
전　화　02-764-3018~9
팩　스　02-764-3011
이메일　kpsm80@hanmail.net

ISBN　989-89-7416-247-4 03810

이 도서의 국립중앙도서관 출판예정도서목록(CIP)은 서지정보유통지원시스템 홈페이지(http://seoji.nl.go.kr)와
국가자료공동목록시스템(http://www.nl.go.kr/kolisnet)에서 이용하실 수 있습니다. (CIP제어번호 : CIP2017010907)

박두진 김광균 박정만 오세영 이가림 이성선
이수익 이시영 오탁번 유안진 송수권 정호승
김종철 김지하 유경환 문정희 유자효 강은교
조오현 김초혜 도종환 이동순 문효치 이상국
정희성 나태주 이근배 신달자 김남조

정지용문학상 수상작품집

수상작품집

한국 현대시의 이정표 정지용문학상

유 자 효 (지용회장)

 서울 올림픽이 열렸던 1988년은 한국 현대문학사에도 특별한 의미를 갖습니다. 이해 우리 문학사의 상처로 남아 있던 월북 문인들에 대한 해금 조치가 단행됐던 것입니다.

 정지용 시인은 월북했다는 근거가 없었음에도 당시의 정황만으로 그의 문학은 우리 문학사에서 사라져야 했습니다. 오랜 세월 그는 금지된 이름이었으며, 꼭 인용해야 할 때는 '정ㅇ용'으로 언급되었습니다. 정지용 시인의 해금은 이후 타 월북 문인들의 해금으로 이어져 우리 문학사가 온전히 복원될 수 있었다는 점에서 중요한 의미를 갖습니다.

 정지용의 시를 사랑하는 사람들은 그해 지용회를 결성했고, 5월 15일, 세종문화회관에서 제1회 지용제를 열어 그의 문학적 복권을 축하했습니다. 제1회 지용제가 열린 날은 정지용 시인의 생일인 음력 5월 15일을 양력으로 해서 행사를 갖기로 한 것입니다. 이후 시인의 고향 옥천에서 열리고 있는 지용제도 그날을 전후해 개최됩니다.

올해는 지용제가 30년을 맞는 해입니다. 이렇게 뜻 깊은 해에 첫 지용제가 열렸던 세종문회회관에서 행사를 갖습니다. 또한 지용제 30년을 기리기 위해서 그동안 시상한 시인 29명의 수상 작품집을 펴내게 되었습니다. 1989년 제2회 지용제 때 정지용 선생의 추천으로 문단에 나온 박두진 시인을 필두로 올해 김남조 시인에 이르기까지 역대 정지용문학상 수상자들은 한국 현대시의 현주소를 보여주는 이정표가 되었습니다. 특히 김남조 선생님은 정지용문학상 초기부터 심사를 해주셔서 막상 자신은 수상의 기회를 갖지 못했었는데 올해 지용제 30년에 의미 있는 수상을 하게 되었습니다. 이는 선생님 90년 생애와 문학에 대한 표경表敬의 의미도 갖는다고 하겠습니다.

지용회를 결성하고 오늘까지 보살펴주시는 원로 언론인 김성우 선생께 각별한 존경의 말씀을 드립니다. 또한 정지용 시인의 이대 동료 교수였던 고 방용구 초대 회장님과 이근배 2대 회장님께도 감사의 말씀을 올립니다. 해마다 좋은 수상작품을 가려주시는 시와시학사 고맙습니다. 지용제를 우리나라의 대표적인 문학축제로 끌어올리신 김영만 옥천군수님, 김승룡 옥천문화원장님 대단히 고맙습니다. 이 모든 분들의 노력으로 정지용 시인이 한국 현대시의 아버지로 오롯이 자리매김될 수 있었습니다.

목차

박두진 김광균 박정만 오세영 이가림 이성선
이수익 이시영 오탁번 유안진 송수권 정호승
김종철 김지하 유경환 문정희 유자효 강은교
조오현 김초혜 도종환 이동순 문효치 이상국
정희성 나태주 이근배 신달자 김남조

정지용문학상
수상작품집

박 두 진

1916 - 1998

1939~40년 정지용의 추천을 받아

《문장》에 시 「향현」, 「묘지송」, 「낙엽송」 등을 발표하며 문단에 나왔다.

1946년 박목월 조지훈과 『청록집』이라는 공동시집을 펴냈다.

이후 「바다로」, 「햇볕살 따실 때」 등을 발표하고

1949년 개인시집으로는 첫 번째인 『해』를 펴냈다.

6.25 한국전쟁을 거치면서 박두진의 시는 새롭게 변하는데,

시집 『오도』, 『거미와 성좌』, 『인간 밀림』에 이르러

인간의 자유와 절대자에 대한 갈망을 반복되는 관념적 언어로 읊었다.

4.19를 겪으면서 「우리는 아직 깃발을 내린 것이 아니다」 등을 발표했다.

이후에도 현실의 부조리에 대한 분노와 격정을 보여준 시세계는 계속 이어졌다.
연세대학교, 한양대학교, 이화여자대학교, 추계예술대학교 등에서 학생들을 가르쳤다.

제1회 정지용문학상(1989), 아세아 자유문학상, 서울시 문화상, 삼일 문화상, 예술원상을
수상하였다.

書翰體

노래해다오.

다시는 부르지 않을 노래로 노래해다오.

단 한번만 부르고 싶은 노래로 노래해다오.

저 밤하늘 높디높은 별들보다 더 아득하게

햇덩어리 펄펄 끓는 햇덩어리보다 더 뜨겁게,

일어서고 주저앉고 뒤집히고 기어오르고

밀고 가고 밀고 오는 바다 파도보다도

더 설레게 노래해다오.

노래해다오.

꽃잎보다 바람결보다 빛살보다 더 가볍게,

이슬방울 눈물방울 수정알보다 더 맑디맑게 노래해다오.

너와 나의 넋과 넋,

살과 살의 하나됨보다 더 울렁거리게,

그렇게보다 더 황홀하게 노래해다오

환희 절정 오싹하게 노래해다오.

영원 영원의 모두,

끝과 시작의 모두,

절정 거기 절정의 절정을 노래해다오.

바닥의 바닥 심연의 심연을 노래해다오.

도봉

산새도 날아와
우짖지 않고,

구름도 떠가곤
오지 않는다.

인적 끊인 곳,
홀로 앉은

가을 산의 어스름.
호오이 호오이 소리 높여

나는 누구도 없이 불러 보나,
울림은 헛되이

빈 골 골을 되돌아올 뿐,
산그늘 길게 늘이며

불게 해는 넘어가고,
황혼과 함께

이어 별과 밤은 오리니,
생은 오직 갈수록 쓸쓸하고,

사랑은 한갓 괴로울 뿐.
그대 위하여 나는 이제도 이

긴 밤과 슬픔을 갖거니와,
이 밤을 그대는 나도 모르는
어느 마을에서 쉬느뇨.

제2회

김 광 균   1914 - 1993

김기림에 의해 도입되고 이론화된 모더니즘 시론을 주조로 하여
1930년대 후반 모더니즘 시운동의 정착에 이바지했다.
1926년 〈중외일보〉에 「가는 누님」을 발표하여 문단에 나와
《시인부락》과 《자오선》 동인으로 활동했다.
초기에 쓴 시 27편을 모아 『와사등』을 펴냈다.
8·15해방 후 조선문학가동맹에 관계하면서
이념 대립을 지양하는 '제3문학론'을 내세웠으나,
곧 문단을 떠나 사업에만 열중했다.
8·15해방 이전까지 쓴 시 19편을 모아 『기항지』를 펴냈다.
6·25전쟁 이후 건설공사 사장으로 재직하면서 『황혼가』를 펴냈다.

당대의 비평가 김기림, 백철이 "청각조차 시각화하는 기이한 재주",
"무형적인 것을 유형화하는 능력"으로 평가했듯이
그의 시는 현대문명의 이미지를 정교하게
풀어내는 언어의식 및 회화적 이미지 같은 모더니즘론에 근거했다.

제2회 정지용문학상(1990)을 수상하였다.

海邊가의 무덤

꽃 하나 풀 하나 없는 荒凉한 모래밭에

墓木도 없는 무덤 하나

바람에 불리우고 있다.

가난한 漁夫의 무덤 너머

파도는 아득한 곳에서 몰려와

허무한 자태로 바위에 부서진다.

언젠가는 초라한 木船을 타고

바다 멀리 저어가던 어부의 모습을

바다는 때때로 생각나기에

저렇게 서러운 소리를 내고

밀려왔다 밀려나가는 것일까.

오랜 세월에 절반은 무너진 채

어부의 무덤은 雜草가 우거지고

솔밭에서 떠오르는 갈매기 누어 마리

그 위를 날고 있다.

갈매기는 생전에 바다를 달리던

어부의 所望을 대신하여

무덤가를 맴돌며 우짖고 있나 보다.

누구의 무덤인지 아무도 모르나

오랜 조상때부터 이 사람들은 바닷가에서 태어나

끝내는 한줌 흙이 되어 여기 누워 있다.

내 어느 날 지나가던 발길을 멈추고

이 黃土 무덤 위에 한잔 술을 뿌리니

해가 저물고 바다가 어두워 오면

밀려오고 또 떠나가는 파도를 따라

어부의 소망일랑

면- 바다 깊이 잠들게 하라.

와사등(瓦斯燈)

차단-한 등불이 하나 비인 하늘에 걸려 있다.
내 홀로 어디 가라는 슬픈 신호(信號)냐.

긴-여름 해 황망히 날개를 접고
늘어선 고층 창백한 묘석같이 황혼에 젖어
찬란한 야경(夜景) 무성한 잡초인 양 헝크러진 채
사념(思念) 벙어리 되어 입을 다물다.

피부의 바깥에 스미는 어둠
낯설은 거리의 아우성 소리
까닭도 없이 눈물겹구나.
공허한 군중의 행렬에 섞이어
내 어디서 그리 무거운 비애를 지고 왔기에
길-게 느린 그림자 이다지 어두워

내 어디로 어떻게 가라는 슬픈 신호기

차단-한 등불이 하나 비인 하늘에 걸리어 있다.

제3회

박 정 만   1946 - 1988

1968년 〈서울신문〉 신춘문예에 시 「겨울 속의 봄 이야기」가 당선되어 등단했다.
《신춘시》 동인에 가입했다.
1971년 경희대 국문학과를 졸업하고
이듬해 1972년 문공부 문예 작품 공모에 시 「등불설화」,
동화 「봄을 심는 아이들」이 당선되었다.
1979년 고려원에서 첫 시집 『잠자는 돌』을 간행하였다.
1981년 한수산(韓水山)의 장편소설 「욕망의 거리」의 필화사건에 연루되어
극심한 고문의 후유증으로 말년에 간경화증을 얻어 죽음에 이르게 되었다.

시집으로는『맹꽁이는 언제 우는가』,『무지개가 되기까지는』,『서러운 땅』,『저 쓰라린 세월』,
『혼자 있는 봄날』,『어느덧 서쪽』,『박정만 시화집』, 동화집『크고도 작은 새』 등을 발간했다.
1988년 타계한 후 유고시집으로『그대에게 가는 길』이 간행되었고,
1990년『박정만 시전집』이 간행되었다.

제3회 정지용문학상(1991), 현대문학상을 수상하였다.

작은 연가(戀歌)

사랑이여, 보아라

꽃초롱 하나가 불을 밝힌다.

꽃초롱 하나로 천리 밖까지

너와 나의 사랑을 모두 밝히고

해질녘엔 저무는 강가에 와 닿는다.

저녁 어스름 내리는 서쪽으로

流水와 같이 흘러가는 별이 보인다

우리도 별을 하나 얻어서

꽃초롱 불 밝히듯 눈을 밝힐까.

눈 밝히고 가다가다 밤이 와

우리가 마지막 어둠이 되면

바람도 풀도 땅에 눕고

사랑아, 그러면 저 초롱을 누가 끄리.

저녁 어스름 내리는 서쪽으로

우리가 하나의 어둠이 되어
또는 물 위에 뜬 별이 되어
꽃초롱 앞세우고 가야 한다면
꽃초롱 하나로 천리 밖까지
눈 밝히고 눈 밝히고 가야 한다면.

어떤 비가(悲歌)

그대여, 마지막 사연은 늦게 부치고

전날에 안 웃던 웃음을 웃어 보아라

섬돌밑 귀뚜라미는 아직도 곧잘 우는지

자주빛 꽃신 속에는 벌써 사랑이 반쯤 비어있다

그대여 떠나가는 것을 말로 말고는 안 돌아오느니

세월의 손을 한번쯤 붙잡아도 좋다

지금 세상에는 온갖 슬픔이 떠돌아 다니다가

몇몇 잎사귀 끝에 다한 눈물로 쉬고

때로 멍든 바람도 합세하여 따라 다닌다

너 어디 가슴 한 부분이라도 상처 받을지 몰라

나 이렇게 네 눈 그늘에 앉아 근심하노니

내소리 들리거든 빈 손바닥에 비춰보아라

그대여, 빈뜰에 내리는 달빛은 잠들지 않고

병풍속의 산수도 깨어서 흐르고 있다

흐르는 저 물을 마음 다하여 멈춰보아도

물결은 마냥 바다로 바다로 떠내려가고

오늘은 오늘을 이루지 못한 망각속에 잠드느니

미래는 다만 끝없는 죄속에 묻혀 버린다

그대여, 마지막 사연은 조금 늦게 부치고

전날에 안울던 울음을 울어 보아라

오 세 영   1942 -

서울대 국문과를 졸업하고 서울대 교수를 역임하였다.
《현대문학》에 1965년 「새벽」이,
1966년 「꽃 외」가 추천되고,
1968년 「잠깨는 추상」이 추천 완료되면서 등단하였다.
시집으로 『반란하는 빛』, 『가장 어두운 날 저녁에』, 『무명 연시』,
『꽃들은 별을 우러르며 산다』, 『바람의 아들들』, 『별밭의 파도소리』 등이 있고,
학술서적으로 『시론』, 『한국현대시인연구』 등 수 십 권이 있다.

4회 정지용 문학상(1992), 한국시인협회상, 녹원문학상, 소월시문학상 등을 수상하였다.

겨울노래

산자락 덮고 잔들

산이겠느냐.

산 그늘 지고 산들

산이겠느냐.

산이 산인들 또 어쩌겠느냐.

아침마다 우짖던 산까치도

간 데 없고

저녁마다 문살 긁던 다람쥐도

온 데 없다.

길 끝나 산에 들어섰기로

그들은 또 어디 갔단 말이냐.

어제는 온 종일 진눈깨비 뿌리더니

오늘은 하루 종일 내리는 폭설(暴雪).

빈 하늘 빈 가지엔

홍시(紅柿) 하나 떨 뿐인데

어제는 온종일 난(蘭)을 치고

오늘은 하루 종일 물소릴 들었다.

산이 산인들 또

어쩌겠느냐.

5월

어떻게 하라는

말씀입니까.

부신 초록으로 두 눈 머는데

진한 향기로 숨 막히는데

마약처럼 황홀하게 타오르는

육신을 붙들고

나는 어떻게 하라는

말씀입니까.

아아, 살아 있는 것도 죄스러운

푸르디 푸른 이 봄날,

그리움에 지친 장미는 끝내

가시를 품었습니다.

먼 하늘가에 서서 당신은

자꾸만 손짓을 하고.

이 가 림   1943 - 2015

성균관대 불문학과 졸업했고
인하대 불문과 교수를 역임했다.
1966년 동아일보 신춘문예당선으로 등단했다.
시집『빙하기』,『유리창에 이마를대고』,『순간의 거울』,『내 마음의 협궤열차』등이 있으며
에세이집『사랑의 다른이름』, 역서『촛불의 미학』,『불과 꿈』,『꿈꿀 권리』등이 있다.

제5회 정지용문학상(1993), 편운문학상, 후광문학상등을 수상하였다.

석류(石榴)

언제부터

이 잉걸불 같은 그리움이

텅 빈 가슴속에 이글거리기 시작했을까

지난 여름 내내 앓던 몸살

더 이상 견딜 수 없구나

영혼의 가마솥에 들끓던 사랑의 힘

캄캄한 골방 안에

가둘 수 없구나

나 혼자 부둥켜안고

뒹굴고 또 뒹굴어도

자꾸만 익어가는 어둠을

이젠 알알이 쏟아 놓아야 하리

무한히 새파란 심연의 하늘이 두려워
나는 땅을 향해 고개 숙인다

온몸을 휩싸고 도는
어지러운 충만 이기지 못해
나 스스로 껍질을 부순다

아아, 사랑하는 이여
지구가 쪼개지는 소리보다
더 아프게
내가 깨뜨리는 이 홍보석의 슬픔을
그대의 뜰에
받아 주소서

유리창에 이마를 대고

유리창에 이마를 대고

모래알 같은 이름 하나 불러본다

기어이 끊어낼 수 없는 죄의 탯줄을

깊은 땅에 묻고 돌아선 날의

막막한 벌판 끝에 열리는 밤

내가 일천 번도 더 입맞춘 별이 있음을

이 지상의 사람들은 모르리라

날마다 잃었다가 되찾는 눈동자

먼 부재(不在)의 저편에서 오는 빛이기에

끝내 아무도 볼 수 없으리라

어디서 이 투명한 이슬은 오는가

얼굴을 가리우는 차가운 입김

유리창에 이마를 대고

물방울 같은 이름 하나 불러본다

이 성 선

1941 - 2001

고려대 교육대학원 국어교육과를 졸업했다.

숭실대 문예창작과 교수를 지냈다.

1970년 《문화비평》에 「시인의 병풍」외 4편을 발표하였고,

1972년 《시문학》에 「아침」, 「서랍」 등이 재 추천을 받아 문학 활동을 시작하였다.

첫 시집 『시인의 병풍』을 시작으로

『하늘문을 두드리며』, 『몸은 지상에 묶여도』, 『밧줄』, 『시인을 꿈꾸는 아이』,

『나의 나무가 너의 나무에게』, 『별이 비치는 지붕』, 『별까지 가면 된다』1,

『새벽꽃향기』, 『향기나는 밤』, 『절정의 노래』, 『벌레 시인』, 『산시』,

『내 몸에 우주가 손을 얹었다』 등이 있다.

제6회 정지용문학상(1994)을 수상하였다.

큰 노래

큰 산이 큰 영혼을 기른다.

우주 속에

대붕의 날개를 펴고

날아가는 설악산 나무

너는 밤마다 별 속에 떠 있다.

산정을 바라보며

몸이 바위처럼 부드럽게 열리어

동서로 드리운 구름 가지가

바람을 실었다. 굽이굽이 긴 능선

울음을 실었다.

해 지는 산 깊은 시간을 어깨에 싣고

춤 없는 춤을 추느니

말 없이 말을 하느니

아, 설악산 나무

나는 너를 본 일이 없다.

전신이 거문고로 통곡하는

너의 번뇌를 들은 바 없다.

밤에 길을 떠나 우주 어느 분을

만나고 돌아오는지 본 일이 없다.

그러나 파문도 없는 밤의 허공에 홀로

절정을 노래하는

너를 보았다.

다 타고 스러진 잿빛 하늘을 딛고

거인처럼 서서 우는 너를 보았다.

너는 내 안에 있다.

사랑하는 별 하나

나도 별과 같은 사람이 될 수 있을까

외로워 쳐다보면 눈 마주쳐 비쳐주는

그런 사람이 될 수 있을까

세상일 괴로워 쓸쓸히 밖으로 나서는 날에

가슴에 화안히 안기어 물끋듯 웃어주는

하얀 들꽃이 될 수 있을까

가슴에 사랑하는 별 하나를 갖고 싶다

외로울 때 부르면 다가오는 별 하나를 갖고 싶다

마음 어두운 밤 깊을수록 우러러 쳐다보면

반짝이는 그 맑은 눈빛으로 나를 씻어 을 비추어 주는

그런 사람 하나 갖고 싶다

제7회

이 수 익 1942 -

1942년 경상남도 함안에서 출생하였다.
서울대학교 사범대학 영어과를 졸업하였다.
1962년 〈서울신문〉 신춘문예로 등단하였다.
시집으로『고별』,『우울한 샹송』,『슬픔의 핵』,『침묵의 여울』,
『그리고 너를 위하여』,『아득한 봄』등이 있다.

제7회 정지용문학상(1995), 현대문학상, 대한민국문화상, 한국시협상,
지훈문학상, 공초문학상 등을 수상하였다.

승천(昇天)

내 목소리가

저 물소리의 벽을 깨고 나아가

하늘로 힘껏 솟구쳐올라야만 한다.

소리로써 마침내 소리를 이기려고

歌人은

심산유곡 폭포수 아래에서 날마다

목청에 핏물 어리도록 발성을 연습하지만,

열 길 높이에서 떨어지는 물줄기는

쉽게 그의 목소리를 덮쳐

계곡을 가득 물소리 하나로만 채워버린다.

그래도 그는 날이면 날마다

산에 올라

제 목소리가 물소리를 뛰어넘기를 수없이 企圖하지만,

한번도 자세를 흐뜨리지 않는

폭포는

준엄한 스승처럼 곧추앉아

수직의 말씀만 내리실 뿐이다.

끝내

절망의 유복자를 안고 下山한 그가

발길 닿는 대로 정처없이 마을과 마을을 흘러다니면서

소리의 昇天을 이루지 못한 제 恨을 토해냈을 때,

그 핏빛 소리에 취한 사람들이

그를 일러

참으로 하늘이 내리신 소리꾼이라 하더라.

닫힌 입

입을 봉하라. 당신의

풀렸던 정신을 꽁꽁 옭아매고 이제는

마음을 단속하라. 그 동안 너무 많이

지껄였으니, 텅 빈 구석 더러 생길 법

했을 듯.

입을 봉하라. 차라리 그전이 더욱 그리웠던 것처럼

최초의 이전으로

돌아가라.

보다 더 커다란 믿음이 당신을 누르고서 지배할 수 있도록

어둡게, 끝이 보이지 않도록

멀어져라. 당신의 눈과 귀와 입이

온통

허물어질 때까지

제8회

이 시 영 1949 –

1949년 전남 구례에서 태어나
서라벌예대 문예창작과를 졸업하고
고려대 대학원 국문학과에서 수학했다.
2012년부터 4년 간 한국작가회의 이사장을 역임했으며
현재 단국대 문예창작과 초빙교수로 있다.
1969년 중앙일보 신춘문예에 시조가,
《월간문학》 신인작품공모에 시가 당선되어 등단했다.
시집으로 『만월』, 『바람 속으로』, 『길은 멀다 친구여』, 『이슬 맺힌 노래』, 『무늬』, 『사이』,
『조용한 푸른 하늘』, 『은빛 호각』, 『바다 호수』, 『아르갈의 향기』,

『우리의 죽은 자들을 위해』,『경찰은 그들을 사람으로 보지 않았다』,
『호야네 말』등 열세 권이 있으며
시선집으로『긴 노래, 짧은 시』가 있다.

제8회 정지용문학상(1996), 동서문학상, 현대불교문학상, 지훈문학상, 백석문학상,
대한민국 문화예술상, 박재삼문학상, 만해문학상 등을 수상했다.

마음의 고향 · 6

내 마음의 고향은 이제

참새떼 왁자히 내려앉는 대숲마을의

노오란 초가을의 초가지붕에 있지 아니하고

내 마음의 고향은 이제

토란 잎에 후두둑 빗방울 스치고 가는

여름날의 고요 적막한 뒤란에 있지 아니하고

내 마음의 고향은 이제

추수 끝난 빈 들판을 쿵쿵 울리며 가는

서늘한 뜨거운 기적 소리에 있지 아니하고

내 마음의 고향은 이제

빈 들길을 걸어 걸어 흰옷자락 날리며

서울로 가는 순이 누나의 파르라한 옷고름에 있지 아니하고

내 마음의 고향은 이제

아늑한 상큼한 짚벼늘에 파묻혀

나를 부르는 소리도 잊어버린 채

까닭 모를 굵은 눈물 흘리던 그 어린 저녁 무렵에도 있지 아니하고

내 마음의 마음의 고향은

싸락눈 홀로 이마에 받으며

내가 그 어둑한 신작로 길로 나섰을 때 끝났다

눈 위로 막 얼어붙기 시작한

작디작은 수레바퀴 자국을 뒤에 남기며

성장

바다가 가까워지자 어린 강물은 엄마 손을 더욱 꼭 그러쥔 채 놓지 않았습니다. 그러다가 그만 거대한 파도의 뱃속으로 뛰어드는 꿈을 꾸다 엄마 손을 아득히 놓치고 말았습니다. 그래 잘 가거라 내 아들아. 이제부터는 크고 다른 삶을 살아야 된단다. 엄마 강물은 새벽 강에 시린 몸을 한번 뒤채고는 오리처럼 곧 순한 머리를 돌려 반짝이는 은어들의 길을 따라 산골로 조용히 돌아왔습니다.

오 탁 번 1943 -

고려대 영문과를 거쳐 동 대학원 국문과를 졸업하였고
고려대 교수를 역임하였다.
현재는 고려대 명예교수로 있다.
1967년 〈중앙일보〉 신춘문예로 문단에 등단했다.
시집 『아침의 예언』, 『너무 많은 가운데 하나』, 『생각나지 않는 꿈』, 『겨울강』,
『1미터의 사랑』, 『벙어리 장갑』, 『손님』, 『우리 동네』, 『시집보내다』 등이 있다. .

제9회 정지용문학상(1997), 동서문학상, 한국문학작가상, 한국시협상 등을 수상하였다.

白頭山 天池

1.

하늘과 땅 사이가 너무 가까워 장백소나무 종비나무 자작나무 우거진 원시림 헤치고 백두산 천지에 오르는 순례의 한나절에 내 발길 내딛을 자리는 아예 없다 사스레나무도 바람에 넘어져 흰 살결이 시리고 자잘한 산꽃들이 하늘 가까이 기어가다 가까스로 뿌리 내린다 속손톱 만한 하양 물매화 나비날개인 듯 바람결에 날아가는 노랑 애기금매화 새색시의 연지빛 곤지처럼 수줍게 피어 있는 두메자운이 나의 눈망울 따라 야린 볼 붉히며 눈썹 날린다 무리를 지어 하늘 위로 고사리 손길 흔드는 산미나리아재비 구름국화 산매발톱도 이제 더 가까이 갈 수 없는 백두산 산마루를 나 홀로 이마에 받들면서 드센 바람 속으로 죄지은 듯 숨죽이며 발걸음 옮긴다

2.

솟구쳐오른 백두산 멧부리들이 온뉘 동안 감싸안은 드넓은 천지가 눈앞에 나타나는 눈깜박할 사이 그 자리에서 나는 그냥 숨이 막힌다 하늘로 날아오르려는 백두산 그리메가 하늘보다 더 푸른 천지에 넉넉한 깃을 드리우고 메꿎은 우레소리 지나간 여름 한나절 아득한 옛 하늘이 내려와 머문 천지 앞에서 내 작은 몸뚱이는 한꺼번에 자취도 없다 내 어린 볼기에 푸른 손자국 남겨 첫 울음 울게 한 어머니의 어머니 쑥냄새 마늘냄새 삼베적삼 서늘한 손길로 손님이 든 내 뜨거운 이마 짚어주던 할머니의 할머니가 백두산 천지 앞에 무릎 꿇은 나를 하늘눈 뜨고 바라본다 백두산 멧부리가 누리의 첫 새벽 할아버지의 흰 나룻처럼 어렵고 두렵다

3.

하늘과 땅 사이는 애초부터 없었다는 듯 천지가 그대로 하늘이 되고 구름결이 되어 백두산 산허리마다 까마득하게 푸른하늘 구름바다 거느린다 화산암 돌가루가 하늘 아래로 자꾸만 부스러져내리는 백두산 천지의 낭떠러지 위에서 나도 자잘한 꽃잎이 되어 아스라한 하늘 속으로 흩어져 날아간다 아기집에서 갓 태어난 아기처럼 혼자 울지도

젖을 빨지도 못한다 온 가람 즈믄 뫼 비롯하는 백두산 그 하늘에 올라
마침내 바로 서지도 못하고 젖배 곯아 젖니도 제때 나지 못할 내 운명
이 새삼 두려워 백두산 흰 멧부리 우러르며 얼음빛 푸른 천지 앞에 숨
결도 잊은 채 무릎 꿇는다

그 옛날의 사랑

지붕 위에 널린 빨간 고추의 매운 뺨에

가을 햇살 실고추처럼 간지럽고

애벌레로 길고 긴 세월을 땅 속에 살다가

羽化되어 하늘을 날으는 쓰르라미의

짧은 생애를 끝내는 울음이

두레박에 넘치는 우물물만큼 맑을 때

그 옛날의 사랑이여

우리들이 소곤댔던 정다운 이야기는

추석 송편이 솔잎 내음 속에 익는 해거름

장지문에 창호지 새로 바르면서

따다가 붙인 코스모스 꽃잎처럼

그때의 빛깔과 향기로 남아 있는가

물동이 이고 눈썹 훔치면서 걸어오던

누나의 발자욱도

배추흰나비 날아오르던

잘 자란 배추밭의 곧바른 밭이랑도

그 자리에 그냥 있는가

방물장수가 풀어놓던

빨간 털실과 오디빛 참빗도

어머니가 퍼주던 보리쌀 한 되만큼 소복하게

다들 그 자리에 잘 있는가

툇마루에 엎드려

몽당연필에 침발라가며 쓴

단기 4287년 가을 어느 날의 일기도

마분지 공책에

깨알처럼 그냥 그대로 있는가

그 옛날의 사랑이여

제10회

유 안 진 1941 -

대한민국의 시인, 소설가이자
서울대학교 명예교수이다.
1965년~1967년 박목월 시인의 추천으로《현대문학》에
시「달」,「별」,「위로」가 3회 추천되어 등단했다.
시집으로《달하》,《누이》,《봄비 한 주머니》,《다보탑을 줍다》,《거짓말로 참말하기》,
《알고(考)》,《둥근 세모꼴》,《걸어서 에덴까지》 등이 있고
산문집《지란지교를 꿈꾸며》,《축복을 웃도는 것》 등이 있다.

제10회 정지용문학상(1998), 펜문학상, 한국시인협회상, 공초문학상,
목월문학상 등을 수상했다.

세한도 가는 길

서리 덮인 기러기 죽지로

그믐밤을 떠돌던 방황도

伍十嶺고개부터는

추사체로 뻗친 길이다

天命이 일러주는 세한행 그 길이다

누구의 눈물로도 녹지 않는 얼음장길을

닳고 터진 알발로

뜨겁게 녹여 가라신다

매웁고도 아린 향기 자오록한 꽃진 흘려서

자욱자욱 붉게붉게 뒤따르게 하라신다.

다보탑을 줍다

고개 떨구고 가다가 다보탑(多寶塔)을 주웠다
국보 20호를 줍는 횡재를 했다
석존(釋尊)이 영취산에서 법화경을 설하실 때
땅속에서 솟아나 찬탄했다는 다보탑을

두 발 닿은 여기가 영취산 어디인가
어깨 치고 지나간 행인 중에 석존이 계셨는가
고개를 떨구면 세상은 아무데나 불국정토 되는가

정신차려 다시 보면 빠알간 구리동전
꺾어진 목고개로 주저앉고 싶은 때는
쓸모 있는 듯 별 쓸모없는 10원짜리
그렇게 살아왔다는가 그렇게 살아가라는가.

송 수 권 1940 ~ 2016

전남 고흥에서 출생하였고,
서라벌예대 문예창작과를 졸업하였다.
1975년 《문학사상》에 「산문에 기대어」가 신인상으로 당선되어 등단하였다.
시집으로 『산문에 기대어』, 『꿈꾸는 섬』, 『아도(啞陶)』, 『새야 새야 파랑새야』,
『우리들의 땅』, 『자다가도 그대 생각하면 웃는다』, 『별밤지기』, 『들꽃세상』,
『초록의 감옥』, 『파천무』, 『언 땅에 조선매화 한 그루 심고』,
『시골길 또는 술통』 등을 간행하였다.

제11회 정지용문학상(1999), 문공부 예술상, 전라남도 문화상, 소월시문학상,
서라벌문학상 등을 수상하였다

눈 내리는 대숲가에서

대들이 휘인다

휘이면서 소리한다

연사흘 밤낮 내리는 흰 눈발 속에서

우듬지들은 흰 눈을 털면서 소리하지만

아무도 알아듣는 이가 없다

어떤 대들은 맑게 가락을 地上에 그려내지만

아무도 알아듣는 이가 없다

눈뭉치들이 힘겹게 우듬지를 흘러내리는

대숲 속을 가만히 들여다보면

삼베 옷 검은 두건을 들친 백제 젊은 修士들이 지나고

풋풋한 망아지떼 울음들이 찍혀 있다

연사흘 밤낮 내리는 흰 눈발 속에서

대숲 속을 가만히 들여다보면

한밤중 암수 무당들이 대가지를 흔드는

붉은 쾌자자락들이 보이고

활활 타오르는 모닥불을 넘는

미친 불개들의 울음 소리가 들린다

산문에 기대어

누이야

가을산 그리메에 빠진 눈썹 두어 낱을

지금도 살아서 보는가

정정(淨淨)한 눈물 돌로 눌러 죽이고

그 눈물 끝을 따라가면

즈믄밤의 강이 일어서던 것을

그 강물 깊이깊이 가라앉은 고뇌의 말씀들

돌로 살아서 반짝여오던 것을

더러는 물 속에서 튀는 물고기같이

살아오던 것을

그리고 산다화(山茶花) 한 가지 꺾어 스스럼없이

건네이던 것을

누이야 지금도 살아서 보는가

가을산 그리메에 빠져 떠돌던, 그 눈썹 두어 낱을 기러기가

강물에 부리고 가는 것을

내 한 잔은 마시고 한 잔은 비워두고

더러는 잎새에 살아서 뛰는 물방울같이

그렇게 만나는 것을

누이야 아는가

가을산 그리메에 빠져 떠돌던

눈썹 두어 낱이

지금 이 못물 속에 비쳐옴을

제12회

정 호 승   1950 –

경남 하동에서 태어나 대구에서 성장했으며,
경희대 국문과와 동 대학원 졸업했다.
1973년 대한일보 신춘문예 시,
1982년 조선일보 신춘문예 단편소설이 당선되어 문단에 등단했다.
시집 『슬픔이 기쁨에게』, 『서울의 예수』, 『별들은 따뜻하다』,
『사랑하다가 죽어버려라』, 『외로우니까 사람이다』, 『밥값』, 『여행』,
『나는 희망을 거절한다』 등이 있고,
시선집으로는 『내가 사랑하는 사람』, 『수선화에게』, 『흔들리지 않는 갈대』,

영한시집『부치지 않은 편지』,『꽃이 져도 나는 너를 잊은 적 없다』등이 있고,
산문집『내 인생에 힘이 되어준 한마디』,『내 인생에 용기가 되어준 한마디』,
『당신이 없으면 내가 없습니다』등이 있다.

제12회 정지용문학상(2000), 소월시문학상, 동서문학상, 편운문학상,
가톨릭문학상, 상화시인상, 공초문학상 등을 수상했다.

하늘의 그물

하늘의 그물은 성글지만

아무도 빠져나가지 못합니다

다만 가을밤에 보름달 뜨면

어린 새끼들을 데리고 기러기들만

하나 둘 떼지어 빠져나갑니다

수선화에게

울지 마라

외로우니까 사람이다

살아간다는 것은 외로움을 견디는 일이다

공연히 오지 않는 전화를 기다리지 마라

눈이 오면 눈길을 걸어가고

비가 오면 빗길을 걸어가라

갈대숲에서 가슴검은도요새도 너를 보고 있다

가끔은 하느님도 외로워서 눈물을 흘리신다

새들이 나뭇가지에 앉아 있는 것도 외로움 때문이고

네가 물가에 앉아 있는 것도 외로움 때문이다

산그림자도 외로워서 하루에 한 번씩 마을로 내려온다

종소리도 외로워서 울려퍼진다

김 종 철

1947 - 2014

부산에서 태어나
중앙대학교 예술대학 문예창작과를 졸업하였다.
종합 문예지《문학수첩》과 시 전문지《시인수첩》 발행인 및 편집인을 역임했다.
1968년 〈한국일보〉 신춘문예에 시가 당선되어 등단했으며,
1970년 〈서울신문〉 신춘문예 시 부문에 또 한 번 당선되었다.
시집으로는 『서울의 유서』, 『오이도』, 『오늘이 그날이다』,
『못에 관한 명상』, 『등신불 시편』, 『못의 귀향』, 『못의 사회학』,

유고시집 『절두산 부활의 집』,
시선집 『못과 삶과 꿈』 『못 박는 사람』 등이 있다.

제13회 정지용문학상(2001), 윤동주문학상, 남명문학상, 편운문학상,
가톨릭문학상, 박두진문학상, 영랑시문학상을 수상했다.

등신불

등신불을 보았다.

살아서도 산 적 없고

죽어서도 죽은 적 없는 그를 만났다.

그가 없는 빈 몸에

오늘은 떠돌이가 들어와

평생을 살다간다.

해 뜨는 곳에서 해 지는 곳까지

내 고향 한 늙은 미루나무를 만나거든

나도 사랑을 보았으므로

그대처럼 하루하루 몸이 벗겨져 나가

삶을 얻지 못하는 병을 앓고 있다고 일러 주오

내 고향 잠들지 못하는 철새를 만나거든

나도 날마다 해 뜨는 곳에서

해 지는 곳으로 집을 옮겨 지으며

눈물 감추는 법을 알게 되었다고 일러 주오

내 고향 저녁 바다 안고 돌아오는 뱃사람을 만나거든

내가 낳은 자식에게도 바다로 가는 길과

썰물로 드러난 갯벌의 비애를 가르치리라고 일러 주오

내 고향 홀로 집 지키는 어미를 만나거든

밤마다 꿈속 수백 리 걸어 당신의 잦은 기침과

헛손질로 자주자주 손가락을 찔리는 한 올의 바느질을 밟고

울며 울며 되돌아온다고 일러 주오

내 고향 유년의 하느님을 만나거든

기도하는 법마저 잊어버리고

철근으로 이어진 도시의 언어와 한 잔의 쓴 술로

세상을 용케 참아 온 이 젊음을

용서하여 주라고 일러 주오

내 고향 떠도는 낯선 죽음을 만나거든

나를 닮은 한 낯선 죽음을 만나거든

나의 땅에 죽은 것까지 다 내어놓고

물 없이 만나는 떠돌이 바다의 일박까지 다 내어놓고

이별 이별 이별의 힘까지 다 내어놓고

자주 길을 잃는 이 젊은 유랑의 슬픔을

잊지 말아 달라고 일러 주오

제14회

김 지 하

1941 -

전남 목포에서 태어났으며,
1969년 서울대미학과를 졸업하였다.
본명은 김영일(金英一)로 필명 '지하(地下)'가 굳어져
이름처럼 사용되자 '지하(芝河)'라 하게 됐다.
1964년 대일 굴욕 외교 반대투쟁에 가담해
첫 옥고를 치른 이래 '오적 필화 사건', '비어(蜚語) 필화 사건', '민청학련 사건' 등으로
8년간의 투옥, 사형 구형 등의 고초를 겪었다.

1980년대에는 생명운동 환경운동을 펼쳐왔다.

1969년《시인》지에 「황톳길」 등 5편의 시를 발표하며 작품 활동을 시작했다.

시집으로 『타는 목마름으로』, 『오적』, 『시삼백』 등이 있다.

제14회 정지용문학상(2002),대산문학상, 만해문학상, 공초문학상,

경암학술상, 이상문학상 등을 수상하였다.

白鶴峰 · 1

멀리서 보는

白鶴峰

슬프고

두렵구나

가까이서 보면 영락없는

한 마리 흰 학,

봉우리 아래 치솟은

저 팔층 사리탑

고통과

고통의 결정체인

저 검은 돌탑이

왜 이토록 아리따운가

왜 이토록 소롯소롯한가

투쟁으로 병들고

병으로 여윈 知訥스님 얼굴이

오늘

웬일로

이리 아담한가

이리 소담한가

산문 밖 개울가에서

합장하고 헤어질 때

검은 물위에 언뜻 비친

흰 장삼 한자락이 펄럭,

아

이제야 알겠구나

흰빛의

서로 다른

두 얼굴을.

빈 집

달빛 고일 때

새푸르른 답싸리

무성한 저 빈 집 가득히 달빛 고일 때

삭아 내린 삽짝문 너머

그림자 하나 하얗다 사라져버리네 기인

기인 비명이 꿈처럼 들려오던

빈 집이여 가득히

달빛 고일 때

먼 마을로부터 삘리리

눈부신 구름으로부터 바람결에 삘리 삘리리

아련한 날라리소리 흘러오는 빈 집이여

뜨락 가득히 달빛 고일 때

아아 낫 가는 사람

숨죽여 흐느끼며 낫 가는 사람

대처러 떠나갔다 숨어 들어와 마지막

한 벌 흰 옷으로 갈아입고 난 사람

땅에 떨어진

피 적신 땅에 떨어진

낫 끝에 가득히 달빛 고일 때

아득한 하늘에 천둥 은은하게 흐를 때

땅에 떨어진

빈 집이여 빈 집이여

땅에 떨어진.

┏ 제15회

유 경 환   1936 - 2007

황해도 장연에서 태어났다.
연세대학교 정치외교학과를 졸업했다.
1957년 〈조선일보〉 신춘문예에 「아이와 우체통」,
1958년 《현대문학》에 「바다가 내게 묻는 말」 등이 추천되어 등단하였다.
섬세한 감성을 바탕으로 생활의 아름다움과 추억의 가치를 수필로 표현하였다.

주요 작품으로 『두물머리』, 『돌층계』 등의 수필과
시집 『감정 지도』, 『산노을』 등이 있다.

제15회 정지용문학상(2003), 현대문학상, 소천 문학상, 대한민국 문학상, 한국동시문학상,
한국문학상 등을 수상하였다.

낙산사 가는 길 · 3

세상에

큰 저울 있어

저 못에 담긴

고요

달 수 있을까

산 하나 담긴

무게

달 수 있을까

달 수 있는

하늘 저울

마음일 뿐.

사랑하는 별 하나

그 사람이 알지 못하게

마음 써준 일이

그를 사랑하는 동안

가장 즐거운 일이었다

지금

영혼이 앞서 가는 길

뒤쫓아가며 돌이켜 보니

그 사람이 미처 알지 못하게

마음 써준 일

잘 했다는 생각

질그릇 가슴 바닥이듯 고여온다.

문 정 희   1943 -

전라남도 보성에서 태어나
동국대학교 국어국문학과를 졸업했으며, 같은 대학교 대학원을 졸업했다.
한국시인협회 회장을 역임하고
현재는 동국대학교 석좌교수로 있다.
1969년《월간문학》신인상에 당선되어 문단에 등단했다.
시집으로『남자를 위하여』, 『오라, 거짓 사랑아』, 『양귀비꽃 머리에 꽂고』,
『나는 문이다』, 『다산의 처녀』, 『웅』 등 다수의 시집과
시선집『지금 장미를 따라〉 외에 장시집과 시극 산문집 등이 있다.

제16회 정지용문학상(2004), 현대문학상, 소월시문학상, 현대불교문학상,
천상병시문학상, 동국문학상, 육사시문학상, 목월문학상,
올해의 시인상(마케도니아 세계시인포럼), 최우수 예술가상(한국예술평론가협회),
사카다상(스웨덴 해리 마리틴손 재단) 등을 수상하였다.

돌아가는 길

다가서지 마라

눈과 코는 벌써 돌아가고

마지막 흔적만 남은 석불 한 분

지금 막 완성을 꾀하고 있다

부처를 버리고

다시 돌이 되고 있다

어느 인연의 시간이

눈과 코를 새긴 후

여기는 천년 인각사 뜨락

부처의 감옥은 깊고 성스러웠다

다시 한 송이 돌로 돌아가는

자연 앞에

시간은 아무 데도 없다

부질없이 두 손 모으지 마라

완성이라는 말도

다만 저 멀리 비켜서거라

화장(化粧)을 하며

입술을 자주색으로 칠하고 나니

거울 속에 속국의 공주가 남아 있다

내 작은 얼굴은 국제 자본의 각축장

거상들이 만든 허구의 드라마가

명실공히 그 절정을 이룬다

좁은 영토에 만국기가 펄럭인다

금년 가을 유행 색은 섹시 브라운

샤넬이 지시하는 대로 볼연지를 칠하고

예쁜 여자의 신화 속에

스스로를 가두니

이만하면 음모는 제법 완성된 셈

가끔 소스라치며

자신 속의 노예를 깨우치지만

매혹의 인공 향과 부드러운 색조가 만든
착시는 이미 저항을 잃은 지 오래이다

시간을 손으로 막기 위해 육체란
이렇듯 슬픈 향을 찍어 발라야 하는 것일까
안간힘처럼 에스테로더의 아이라이너로
검은 철책을 두르고
디오르 한 방울을 귀밑에 살짝 뿌려 마무리한 후
드디어 외출 준비를 마친 속국의 여자는
비극배우처럼 몸을 일으킨다

제17회

유 자 효   1947 –

서울대학교 사범대학교 불어과를 졸업하였다.

현재 지용회장, 구상선생기념사업회장, 시와시학 주간을 맡고 있다.

1968년 〈신아일보〉 신춘문예에 입선하고,

1972년 《시조문학》에 「혼례」를 발표하며 등단하였다.

시집으로 『성 수요일의 저녁』, 『떠남』, 『내 영혼은』, 『지금은 슬퍼할 때』,

『금지된 장난』, 『아쉬움에 대하여』, 『성자가 된 개』, 『여행의 끝』,

『전철을 타고 히말라야를 넘다』 등이 있다.
이외에도 수필집으로 『세상의 다른 이름』, 『다시 볼 수 없어 더욱 그립다』가 있다.

제17회 정지용문학상(2005), 한국문학상, 유심작품상, 현대불교문학상 등을 수상하였다.

세한도

뼈가 시리다

넋도 벗어나지 못하는

고도의 위리안치

찾는 사람 없으니

고여 있고

흐르지 않는

절대 고독의 시간

원수 같은 사람이 그립다

누굴 미워라도 해야 살겠다

무얼 찾아 냈는지

까마귀 한 쌍이 진종일 울어

금부도사 행차가 당도할지 모르겠다

삶은 어차피

한바탕 꿈이라고 치부해도

귓가에 스치는 금관조복의 쓸림 소리

아내의 보드라운 살결 내음새

아이들의 자지러진 울음 소리가

끝내 잊히지 않는 지독한 형벌

무슨 겨울이 눈도 없는가

내일 없는 적소에

무릎 꿇고 앉으니

아직도 버리지 못했구나

질긴 목숨의 끈

소나무는 추위에 더욱 푸르니

붓을 들어 허망한 꿈을 그린다

아직

너에게 내 사랑을 함빡 주지 못했으니

너는 아직 내 곁을 떠나서는 안 된다

세상에서 할 수 있는 유일한 일은

내 사랑을 너에게 함빡 주는 것이다

보라

새 한 마리, 꽃 한 송이도

그들의 사랑을 함빡 주고 가지 않느냐

이 세상의 모든 생명은

그들의 사랑이 소진됐을 때

재처럼 사그라져 사라지는 것이다

아직은 아니다

너는 내 사랑을 함빡 받지 못했으니

강은교 1946 -

함경남도 홍원군에서 태어나
100일 만에 어머니의 등에 업혀 임진강을 건너 서울에서 자랐다.
연세대 영문과 및 동(同) 대학원 국어국문학과 졸업했다.
동아대학교 교수를 역임했다.
1968년《사상계》신인문학상으로 등단하였다.
《70년대》동인활동을 했다.
이《70년대》동인은 40년 후인 2012년 다시 동인시집『고래』를 발간했다
(2015년 두번째권 출간, 2016년 세번 째 권 출간).
시집으로는『허무집』,『풀잎』,『빈자일기』,『등불 하나가 걸어오네』,『소리집』,
『오늘도 너를 기다린다』,『벽 속의 편지』,『등불 하나가 걸어오네』,

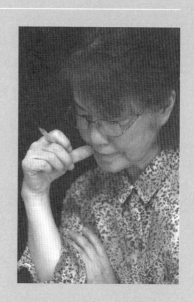

『붉은 강』, 『어느 별 위에서의 하루』, 『시간은 주머니에 은빛 별 하나 넣고 다녔다』,
『초록거미의 사랑』, 『네가 떠난 후 너를 얻었다』, 『바리연가집』, 『봄무사』 등이 있다.

제18회 정지용문학상(2006), 한국문학작가상, 현대문학상, 정지용문학상,
유심작품상, 박두진 문학상, 서정시학작품상, 비평가들이 뽑은 젊은 예술가상,
연세대 인문대상, 가톨릭문학상, 구상문학상 등을 수상했다.

너를 사랑한다
- 『초록 거미의 사랑』 중에

그땐 몰랐다

빈 의자는 누굴 기다리고 있는 것이라는 것을

의자의 이마가 저렇게 반들반들해진 것을 보게

의자의 다리가 저렇게 흠집 많아진 것을 보게

그땐 그걸 몰랐다

신발들이 저 길을 완성한다는 것을

저 신발의 속가슴을 보게

거무뎅뎅한 그림자 하나 이때껏 거기 쭈그리고 앉아

빛을 기다리고 있는 것을 보게

그땐 몰랐다

사과의 뺨이 저렇게 빨간 것은

바람의 허벅지를 만졌기 때문이라는 것을

꽃 속에 꽃이 있는 줄을 몰랐다

일몰의 새떼들, 일출의 목덜미를 핥고 있는 줄을

몰랐다

꽃 밖에 꽃이 있는 줄 알았다

일출의 눈초리는 일몰의 눈초리를 흘기고 있는 줄 알았다

시계 속에 시간이 있는 줄 알았다

희망 속에 희망이 있는 줄 알았다

아, 그때는 그걸 몰랐다

희망은 절망의 희망인 것을

절망의 방에서 나간 희망의 어깻살은

한없이 통통하다는 것을

너를 사랑한다.

아벨 서점

아마도 너는 거기서

회푸른 나무 간판에 생(生)이라는 글자가 발돋음하고 서서

저녁별빛을 만지는 것을 볼 것이다.

글자 뒤에선 비탈이 빼꼼히 입술을 내밀 것이다

혹은 꿈길이 금빛 머리칼을 팔락일 것이다

잘 안 열리는 문을 두 손으로 밀고 들어오면

헌 책장을 밟고 선 문턱이 세상의 온갖 무게를 받아안고

낑낑거리고 있는 것을 볼 것이다

구불거리는 계단으로 다가서면

눈시울들이 너를 향해 쭈뼛쭈뼛 내려올 것이다.

그 꼭대기에 겁에 질린 듯 새하얘진 얼굴로

밑을 내려다보고 있는 철쭉 한 구루

아마도 너는 그때
사람들이 수첩처럼 조심히 벼랑들을 꺼내
탁자에 얹는 것을 볼 것이다
꽃잎 밑 나 닮은 의자 위엔 연분홍 그늘들이 웅성거리며
내려 앉을 것이고,

아, 거길 아는가
꿈길이 벼랑의 속마음에 깃을 대고
가슴이 진자줏빛 오미자처럼 끓고 있는 그곳을
남몰래 눈시울 닦는, 너울대는 옷소매들, 돛들을, 떠 있는 배들을
배들은 오늘도 어딘가 아름다운 항구로 떠날 것이다.

제19회

조 오 현 1932 -

경상남도 밀양에서 태어났다.

1958년에 입산(入山)하였다.

현재 대한불교조계종 백담사 회주로 있다.

1968년《시조문학》에「봄」,「관음기」가 추천되어 등단하였다.

시조 작품으로「설산에 와서」,「할미꽃」,「석엽십우도」,「석굴암대불」,

「비파산 가는 길」등이 있다.

시집으로 『상수도』, 『어머니의 하늘』, 『산에 사는 날에』, 『아득한 신자』 등이 있고
산문집으로는 『절간이야기』, 『무문관』이 있다.

제19회 정지용문학상(2007), 가람시조문학상, 국민훈장 동백장, 한국문학상,
DMZ 평화상 대상, 제 23회 포교대상 등을 수상하였다.

아득한 성자

하루라는 오늘

오늘이라는 이 하루에

뜨는 해도 다 보고

지는 해도 다 보았다고

더 이상 더 볼 것 없다고

알 까고 죽는 하루살이 떼

죽을 때가 지났는데도

나는 살아있지만

그 어느 날 그 하루도 산 것 같지 않고 보면

천년을 산다고 해도

성자는

아득한 하루살이 떼

절간 이야기 22

어느 날 아침 게으른 세수를 하고 대야의 물을 버리기 위해 담장
가로 갔더니 때마침 풀섶에 앉았던 청개구리 한 마리가 화들짝
놀라 담장 높이만큼이나 폴짝 뛰어오르더니 거기 담쟁이넝쿨에
살푼 앉는가 했더니 어느 사이 미끄러지듯 잎 뒤에 바짝 엎드려
숨을 할딱거리는 것을 보고 그놈 참 신기하다 참 신기하다 감탄
을 연거푸 했지만 그놈 청개구리를 제(題)하여 시조 한 수를 지
어볼려고 며칠을 끙끙거렸지만 끝내 짓지 못하였습니다 그놈 청
개구리 한 마리의 삶을 이 세상 그 어떤 언어로도 몇 겁(劫)을 두
고 찬미할지라도 다 찬미할 수 없음을 어렴풋이나마 느꼈습니다

제20회

김 초 혜 1943 -

충북 청주에서 태어났다.
동국대 국문과를 졸업했다.
현재 한국현대시박물관 관장으로 있다.
《현대문학》에 「4월」로 추천받아 등단했다.
시집 『떠돌이 별』, 『사랑 굿1』, 『사랑 굿2』, 『사랑 굿3』 『섬』, 『어머니』,
『세상살이』, 『그리운 집』, 『고요에 기대어』, 『사람이 그리워서』 등이 있다.

제20회 정지용문학상(2008), 한국문학상, 한국시인협회상, 현대문학상,
정지용문학상 등을 수상하였다.

마음 화상(火傷)

그대가

그림 속의 불에

손을 데었다 하면

나는 금세

3도 화상을 입는다

마음의 마음은

몇 번이고 몇 번이고

화상을 입는다

어머니 1

한몸이었다

서로 갈려

다른 몸 되었는데

주고 아프게

받고 모자라게

나뉘일 줄

어이 알았으리

쓴 것만 알아

쓴 줄 모르는 어머니

단 것만 익혀

단 줄 모르는 자식

처음대로

한몸으로 돌아가

서로 바꾸어

태어나면 어떠하리

제21회

도 종 환 1954 -

충북 청주에서 태어났다.

충북대 국어교육학과를 졸업하고 동(同) 대학원에서 국문학박사학위를 수여했다.

민예총 부회장을 역임하였고, 현재 제20대 국회의원이다.

1984년 동인지 《분단시대》를 통해 작품활동을 시작하였다.

시집으로 『고두미 마을에서』, 『접시꽃 당신』, 『당신은 누구십니까』,

『부드러운 직선』, 『슬픔의 뿌리』, 『흔들리며 피는 꽃』, 『해인으로 가는 길』,

『세시에서 다섯시 사이』 등의 시집과
『사람은 누구나 꽃이다』, 『그대 언제 이 숲에 오시렵니까』, 『꽃은 젖어도 향기는 젖지 않는다』,
『너 없이 어찌 내게 향기 있으랴』 등의 산문집을 냈다.

제21회 정지용문학상(2009), 신동엽창작상, 윤동주상문학부문대상, 백석문학상, 공초문학상,
신석정문학상 등을 수상했다.

바이올린 켜는 여자

바이올린 켜는 여자와 살고 싶다

자꾸만 거창해지는 쪽으로

끌려가는 생을 때려 엎어

한 손에 들 수 있는 작고 단출한 짐 꾸려

그 여자 얇은 아랫턱과 어깨 사이에

쏙 들어가는 악기가 되고 싶다

왼팔로 들 수 있을 만큼 가벼워진

내 몸의 현들을 그녀가 천천히 긋고 가

노래 한 곡 될 수 있다면

내 나머지 생은 여기서 접고 싶다

바이올린 켜는 여자와 연애하고 싶다

그녀의 활에 내 갈비뼈를 맡기고 싶다

내 나머지 생이

가슴 저미는 노래 한 곡으로 남을 수 있다면

내 생이 여기서 거덜 나도 좋겠다

바이올린 소리의 발밑에

동전바구니로 있어도 좋겠다

거기 던져 주고 간 몇 잎의 지폐를 들고

뜨끈한 국물이 안경알을 뿌옇게 가리는

포장마차에 들러 후후 불어

밤의 온기를 나누어 마신 뒤

팔짱을 끼고 어둠 속으로 사라지고 싶다

바이올린 켜는 여자와 살 수 있다면

세시에서 다섯시 사이

산벚나무 잎 한쪽이 고추잠자리보다 더 빨갛게 물들고 있다
지금 우주의 계절은 가을을 지나가고 있고, 내 인생의 시간은
오후 세시에서 다섯시 사이에 와 있다

내 생의 열두시에서 한시 사이에는 치열하였으나
그 뒤편은 벌레 먹은 자국이 많았다

이미 나는 중심의 시간에서 멀어져 있지만
어두워지기 전까지 아직 몇 시간이 남아 있다는 것이 고맙고,
해가 다 저물기 전 구름을 물들이는 찬란한 노을과 황홀을
한번은 허락하시리라는 생각만으로도 기쁘다

머지않아 겨울이 올 것이다
그때는 지구 북쪽 끝의 얼음이 녹아 가까운 바닷가 마을까지

얼음조각을 흘려보내는 날이 오리라 한다

그때도 숲은 내 저문 육신과 그림자를 내치지 않을 것을 믿는다

지난봄과 여름 내가 굴참나무와 다람쥐와 아이들과 제비꽃을

얼마나 좋아하였는지,

그것들을 지키기 위해 보낸 시간이 얼마나 험했는지

꽃과 나무들이 알고 있으므로

대지가 고요한 손을 들어 증거해줄 것이다

아직도 내게는 몇시간이 남아있다

지금은 세시에서 다섯시 사이

이 동 순 1950 –

경북 김천에서 태어나
경북대학교 국문학과 및 대학원을 졸업했다.
1973년 〈동아일보〉 신춘문예에 시 「마왕의 잠」이 당선되어 등단했으며,
1989년에는 〈동아일보〉 신춘문예에 문학평론이 당선되었다.
충북대학교 국문학과 교수를 지냈다.
현재 영남대학교 국어국문학과 교수이다.
시집 『개밥풀』, 『물의 노래』, 『지금 그리운 사람은』, 『철조망 조국,

『그 바보들은 더욱 바보가 되어간다』,『봄의 설법』,『꿈에 오신 그대』,
『가시연꽃』,『기차는 달린다』,『아름다운 순간』,『미스 사이공』,『마음의 사막』,
『발견의 기쁨』,『묵호』등이 있다.

제22회 정지용문학상(2010), 김삿갓문학상, 금복문화예술상, 시와시학상,
경북문화상 등을 수상하였다.

발견의 기쁨

누더기처럼

함석과 판자를 다닥다닥 기운

낡은 창고 벽으로 그 씨앗은 날려 왔을 것이다

거기서 더 이상 떠나가지 못하고

창고 벽에 부딪쳐

그 억새와 바랭이와

엉겅퀴는 대충 그곳에 마음 정하고 싹을 틔웠을 것이다

사람도 정처 없이

이렇게 이룬 터전 많았으리라

다른 곳은 풀이 없는데

창고 틈새에만 유난히 더부룩 돋았다

말이란 놈들이 그늘 찾아

창고 옆으로 왔다가 그 풀을 보고

맛있게 뜯어먹고 갔다

새 풀을 발견한 기쁨 참지 못하고

연신 발굽을 차며

히히힝 소리 질러댔다

봄비

겨우내
햇볕 한 모금 들지 않던
뒤꼍 추녀 밑 마늘광 위으로
봄비는 나리어

얼굴에 까만 먼지 쓰고
눈 감고 누워 세월 모르고 살아온
저 잔설(殘雪)을 일깨운다.

잔설은
투덜거리며 일어나
때묻은 이불 개켜 옆구리에 끼더니
슬쩍 어디론가 사라진다.

잔설이 떠나고 없는

추녀 밑 깨진 기왓장 틈으로

종일 빗물이 스민다.

문 효 치

1943 -

전북 군산시 옥산면에서 출생.

동국대 국문과 졸업.

고려대 교육대학원 졸업.

《신년대》 동인, 《진단시》 창립 동인.

국제펜클럽한국본부 이사장 역임.

동국대 동덕여대 대전대 등 출강.

현재 계간 『미네르바』 대표, 한국문인협회 이사장.

1966년 〈서울신문〉 신춘문예 「바람 앞에서」 당선,

1966년 〈한국일보〉 신춘문예 「산색」 당선.

시집으로 『武寧王의 나무새』, 『바다의 문』, 『남내리 엽서』『왕인의 수염』
『별박이자나방』등 13권이 있고,
저서로는 『시가 있는 길』, 『문효치 시인의 기행시첩』 등이 있다.

제23회 정지용문학상(2011), 펜문학상, 김삿갓문학상, 한국시협상 등을 수상했다.

백제시 – 酒君 *

가슴속에

매 한 마리 키우네

서늘한 기류 밖

푸른 별 하나 낚꿔챌

매 한 마리

숫돌에 부리를 갈아 날을 세우고

옹이를 찍어 발톱에 힘을 기르네

날마다 하늘을 우러러보며

별 하나 표적을 찾아

눈을 닦고 있는

매 한 마리 자라고 있네

---

* 일본 황실에 매 사냥법을 가르쳐준 백제인

비천(飛天)

어젯밤 내 꿈속에 들어오신
그 여인이 아니신가요.

안개가 장막처럼 드리워 있는
내 꿈의 문을 살며시 열고서
황새의 날개 밑에 고여 있는
따뜻한 바람 같은 고운 옷을 입고

비어 있는 방 같은 내 꿈속에
스며들어오신 그분이 아니신가요.

달빛 한 가닥 잘라 피리를 만들고
하늘 한 자락 도려 현금을 만들던

그리하여 금빛 선율로 가득 채우면서

돌아보고 웃고 또 보고 웃고 하던
여인이 아니신가요.

이 상 국 1946 -

강원도 양양에서 태어났다.
1976년 《심상》에 「겨울 추상화」 등을 발표하며 작품활동을 시작했다.
시집 『동해별곡』, 『우리는 읍으로 간다』, 『집은 아직 따뜻하다』,
『어느 농사꾼의 별에서』, 『뿔을 적시며』,
시선집 『국수가 먹고 싶다』 등이 있다.

제24회 정지용문학상(2012), 백석문학상, 민족예술상, 박재삼문학상,
강원문화예술상, 현대불교문학상 등을 수상했다.

옥상의 가을

옥상에 올라가 메밀 베갯속을 널었다

나의 잠들이 좋아라 하고

햇빛 속으로 달아난다

우리나라 붉은 메밀대궁에는

흙의 피가 들어 있다

피는 따뜻하다

여기서는 가을이 더 잘 보이고

나는 늘 높은 데가 좋다

세상의 모든 옥상은

아이들처럼 거미처럼 몰래

혼자서 놀기 좋은 곳이다

이런 걸 누가 알기나 하는지

어머니 같았으면 벌써

달밤에 깨를 터는 가을이다

국수가 먹고 싶다

국수가 먹고 싶다

사는 일은
밥처럼 물리지 않는 것이라지만
때로는 허름한 식당에서
어머니 같은 여자가 끓여주는
국수가 먹고 싶다

삶의 모서리에 마음을 다치고
길거리에 나서면
소 팔고 돌아오듯
뒷모습이 허전한 사람들과
국수가 먹고 싶다

세상은 큰 잔칫집 같아도

어느 곳에선가

늘 울고 싶은 사람들이 있어

마을의 문들은 닫치고

어둠이 허기 같은 저녁

눈물자국 때문에

속이 훤히 들여다보이는 사람들과

따뜻한 국수가 먹고 싶다

제25회

정 희 성 1945 -

경남 창원에서 태어났다.
서울대학교 국문학과를 졸업했다.
숭문고등학교 국어교사로 35년 봉직하였고,
민족문학작가회의 이사장을 역임하였다.
1970년 〈동아일보〉 신춘문예 「변신」이 당선되어 문단에 등단했다.

시집 『답청』, 『저문 강에 삽을 씻고』, 『한 그리움이 다른 그리움에게』,
『시를 찾아서』, 『돌아보면 문득』 등 다섯 권의 시집을 냈다.

제25회 정지용문학상(2013), 김수영문학상, 불교문학상,
만해문학상, 이육사문학상 등을 수상했다.

그리운 나무

나무는 그리워하는 나무에게로 갈 수 없어

애틋한 그 마음 가시로 벋어

멀리서 사모하는 나무를 가리키는 기라

사랑하는 나무에게로 갈 수 없어

나무는 저리도 속절없이 꽃이 피고

벌 나비 불러 그 맘 대신 전하는 기라

아아, 나무는 그리운 나무가 있어 바람이 불고

바람 불어 그 향기 실어 날려 보내는 기라

저문 강에 삽을 씻고

저문 강에 삽을 씻고

흐르는 것이 물뿐이랴

우리가 저와 같아서

강변에 나가 삽을 씻으며

거기 슬픔도 퍼다 버린다

일이 끝나 저물어

스스로 깊어가는 강을 보며

쭈그려 앉아 담배나 피우고

나는 돌아갈 뿐이다

삽자루에 맡긴 한 생애가

이렇게 저물고, 저물어서

샛강바닥 썩은 물에

달이 뜨는구나

우리가 저와 같아서

흐르는 물에 삽을 씻고

먹을 것 없는 사람들의 마을로

다시 어두워 돌아가야 한다

제26회

나 태 주 1945 -

충남 서천에서 태어났다.
1971년 〈서울신문〉 신춘문예에 「대숲 아래서」가 당선되면서
본격적으로 문단 활동을 시작했다.
초등학교 교사를 지냈으며,
현재 공주문화원 원장으로 재직중이다.
시집 『대숲 아래서』, 『막동리 소묘』, 『황홀극치』, 『너도 그렇다』,

『꽃을 보듯 너를 본다』, 『죽기 전에 시 한 편 쓰고 싶다』 등과
산문집 『시골사람 시골선생님』, 『풀꽃과 놀다』, 『시를 찾아 떠나다』 등이 있다.

제26회 정지용문학상(2014), 흑의 문학상, 충청남도문화상,
한국시인협회상 등을 수상하였다.

꽃 · 2

예뻐서가 아니다

잘나서가 아니다

많은 것을 가져서도 아니다

다만 너이기 때문에

네가 너이기 때문에

보고 싶은 것이고 사랑스런 것이고 안쓰러운 것이고

끝내 가슴에 못이 되어 박히는 것이다.

이유는 없다

있다면 오직 한 가지

네가 너라는 사실!

네가 너이기 때문에

소중한 것이고 아름다운 것이고

사랑스런 것이고 아름다운 것이고

꽃이여, 오래 그렇게 있거라.

풀꽃

자세히 보아야

예쁘다

오래 보아야

사랑스럽다

너도 그렇다

이근배 1940 -

충남 당진에서 태어났다.

서라벌예술대학교 문예창작과 졸업하였다.

지용회 회장을 역임했다.

대한민국 예술원 회원이다.

1961년 〈경향신문〉 신춘문예에 시조 「묘비명」이,

〈서울신문〉 신춘문예에 「벽」이 각각 당선되고,

1962년 〈동아일보〉 신춘문예 시조 「보신각종」이 당선되면서 문단에 등단했다.

시집 『노래여 노래여』, 『한강』, 『사람들이 새가 되고 싶은 까닭을 안다』 등이 있고,
시조집 『적일(寂日)』, 『동해 바닷속의 돌거북이 하는 말』 등이 있다.

제27회 정지용문학상(2015), 한국문학작가상, 유심작품상, 가람문학상,
중앙시조대상, 육당문학상, 월하문학상, 편운문학상, 현대불교문학상,
만해대상(문학 부문) 등을 수상했다.

사랑 세 쪽

말더듬이
말더듬이가 되고 싶어요
어머니
사랑 앞에서는
더더욱,

호박꽃
꽃을 따러 들어온
벌이 남기고 간
고 다디단 것
쪽!

대낮
꽁지가 붙은

잠자리 한 쌍

허공에 떠 있다

암컷 부르는

매미 울음 들끓는

대낮

추사(秋史)를 훔치다

국립중앙박물관에 갔다가

추사秋史의 벼루를 보았다

댓잎인가 고사리 잎인가

화석무늬가 들어있는

어른 손바닥만 한 남포 오석

돋보기로 들여다보아야

다듬고 갈아 군자의 보배로다

(琢而磨只 君子寶只) 등

깨알 같은 48자 명문銘文이 새겨있는

추사가 먹을 갈아 시문을 짓고

행예行隸를 쓰던 유품이 아니라면

한 눈에 들어올 것이 없는

그 돌덩이가 내 눈을 얼리고

내 숨을 멎게 한다

어느 새 나는 쇠망치로도 깨지 못할

유리 장을 부수고 벼루를 슬쩍?

그랬으면 오죽 좋으련만

못나게도 내 안의 도둑은 오금이 저린다

박물관을 나서는데

-게 섰거라!

그 작고 검은 돌덩이가 와락

내 뒤통수를 후려친다.

신 달 자 1943 -

경남 거창에서 태어났다.
숙명여자대학교 국문과 및 같은 학교 대학원을 졸업하였다.
1964년 《여상》에 「환상의 밤」이 당선되었고,
1972년 박목월 시인의 추천으로
《현대문학》에 「발」, 「처음 목소리」가 추천되면서 문단에 등단했다.
시집 『봉헌문자』, 『아버지의 빛』, 『어머니, 그 삐뚤삐뚤한 글씨』,

『오래 말하는 사이』, 『열애』, 『종이』, 『살 흐르다』 등과,
수필집 『다시 부는 바람』, 『백치애인』 등이 있다.

제28회 정지용문학상(2016), 대한민국문학상, 시와시학상, 현대불교문학상,
영랑시문학상, 공초문학상, 김삿갓문학상 등을 수상했다.

국물

메루치와 다시마와 무와 양파를 달인 국물로 국수를 만듭니다
바다의 쓰라린 소식과 들판의 뼈저린 대결이 서로 몸 섞으며
사람의 혀를 간질이는 맛을 내고 있습니다

바다는 흐르기만 해서 다리가 없고
들판은 뿌리로 버티다가 허리를 다치기도 하지만
피가 졸고 졸고 애가 잦아지고
서로 뒤틀거나 배배 꼬여 증오의 끝을 다 삭인 뒤에야
고요의 맛에 다가옵니다

내 남편이란 인간도 이 국수를 좋아하다가 죽었지요
바다가 되었다가 들판이 되었다가
들판이다가 바다이다가
다 속은 넓었지만 서로 포개지 못하고

포개지 못하는 절망으로 홀로 입술이 짓물러 눈감았지요

상징적으로 메루치와 양파를 섞어 우려낸 국물을 먹으며
살았습니다
바다만큼 들판만큼 사랑하는 사이는 아니었지만
몸을 우리고 마음을 끓여서 겨우 섞어진 국물을 마주보고 마시는
그는 내 생의 국물이고 나는 그의 국물이었습니다

끈

내가 건너온 강이 손등 위에 다 모였다.
무겁다는 말도 없이 내 손은 다 받아줬다.

여기가지 오느라 꽤 수척해 있다.
툭툭 튀어나온 강줄기가 순조롭지 않았는지
억세게 고단해 보인다.

허겁지겁 건너오느라 강의 성도 이름도 몰라
우두커니 쳐다만 보는데
뭐 이름을 알아 무엇하냐며 손사레를 치는 것인지
퍼런 심줄 줄기가 거칠어 보인다.

그 강의 이름을 그냥 끈이라 하자,
날 놓지 못하고 기어히 내 손등까지 따라와

소리없이 내가 건넌 세월의 줄을 홀쳐매고 있으니

자잘한 잔물결이 손등 전체에 퍼져
내가 아무리 떨쳐 버리려 해도 세월의 주름은 더 깊게
내 손을 부여잡고 있다.

그 세월 손아귀 힘이 장난 아니어서 아예…
소나무 등거죽 같은 손…
내 손등에도 4대강이 흐른다.
저걸 어쩌나,
홍수 들이치면 다 떠 내려 갈텐데

김 남 조   1927 -

경상북도 대구에서 출생했으며,
서울대학교 사범대학을 졸업하고
숙명여대 교수를 역임하였다.
1950년 〈연합신문〉에 「성숙」, 「잔상」으로 등단하였고,
1953년 첫시집 『목숨』을 출판하면서 본격적인 활동을 시작하였다.
시집으로 『목숨』, 『나무와 바람』, 『정념의 기(旗)』, 『영혼과 빵』, 『김남조 시집』,

『사랑의 초서』, 『동행』, 『너를 위하여』, 『저무는 날에』 등이 있다.

자유문인협회상(1958년), 오월문예상, 서울시문화상,
대한민국문화예술상' 국민훈장 모란장, 은관문화훈장, 만해대상
제29회 정지용문학상(2017) 등을 수상했다.

시계

그대의 나이 90이라고

시계가 말한다

알고 있어, 내가 대답한다

그대는 90살이 되었어

시계가 또 한 번 말한다

알고 있다니까,

내가 다시 대답한다

시계가 나에게 묻는다

그대의 소망은 무엇인가

내가 대답한다

내면에서 꽃피는 자아와

최선을 다하는 분발이라고

그러나 잠시 후

나의 대답을 수정한다
사랑과 재물과 오래 사는 일이라고

시계는 즐겁게 한 판 웃었다
그럴테지 그럴테지
그대는 속물중의 속물이니
그쯤이 정답일테지……
시계는 쉬지 않고 저만치 가 있었다

대표작

나그네

내가 성냥 그어

낙엽더미에 불 붙였더니

꿈속의 모닥불 같았다

나그네 한 사람이

먼 곳에서 다가와

입고 온 추위를 벗고 앉으니

두 배로 밝고 따뜻했다

할 말 없고

손잡을 일도 없고

아까운 불길

눈 녹듯 사윈다 해도

도리 없는 일이었다

내가 불 피웠고

나그네 한사람이 와서

삭풍의 추위를 벗고 옆에 앉으니

내 마음 충만하고

영광스럽기까지 하다

이대로 한평생인들

좋을 일이었다

정지용 연보

1902(1세) 음력 5월 15일 충청북도 옥천군 옥천면 하계리에서 아버지 연일 정씨 (延日鄭氏) 정태국(鄭泰國)과 하동 정씨(河東鄭氏) 정미하(鄭美河) 사이에 독자로 태어남. 지용(芝溶)이란 같은 발음의 한자에 맞춘 것임.

1913(12세) 동갑인 은진 송씨(恩津宋氏)인 송재숙(宋在淑)과 결혼.

1918(17세) 휘문고보(徽文高普)에 입학, 이때부터 습작활동을 시작함.

1919(18세) 12月 「서광(曙光)」 창간호에 소설 「삼인」이 발표됨. 지용의 유일한 소설. 「요람(搖籃)」 동인지를 김화산, 박팔양, 박소경 등과 함께 주도하였음.

1922(21세) 휘문고보를 졸업. 이때까지 계속 아버지 친구인 유복영의 집에서 생활함.

1924(23세) 휘문고보의 교비생으로 일본으로 유학하여 경도(京都)에 있는 동지사대학(同志社大學) 영문과에 입학.

1926(25세) 공적인 문단활동이 시작됨. 「학조(學潮)」 창간호에 「카페·프란스」를 비롯하여 동시 및 시조를 발표함. 1929년 동지사대학을 졸업할 때까지 일본 문예지(文藝誌) 「근대풍경(近代風景)」에 일본어로 된 시들도 많이 투고하여 일본의 대표적인 시인 키타하라 하쿠슈(北原白秋)의 관심을 받게 됨. 이 시기의 주요 작품으로 「기차」, 「해협」, 「다시 해협」, 「슬픈 인상화」, 「풍랑몽」, 「옛 이야기 구절」, 「호면」, 「새빨간 기관차」, 「뻣나무열매」, 「오월 소식」, 「발열」, 「말」, 「내 마음에 맞는 이」, 「무어래요」, 「숨 기내기」, 「비둘기」 등이 있음.

1928(27세) 장남 구관이 태어남(음력 2월 1일).

1929(28세) 동지사대학교를 졸업. 휘문고보의 영어 교사로 이후 16년 간을 재직함. 시 「유리창」을 씀.

1930(29세)	「시문학」 동인으로 참가, 1930년대 시단의 중요한 위치에 서게 됨. 주요 작품으로는 「이른 봄 아침」, 「Dahlia」, 「교토 가모가와」, 「선취」, 「바다」, 「피리」, 「저녁 햇살」, 「갑판 우」, 「홍춘」, 「호수 1, 2」 등이 있음.
1933(32세)	카톨 「청년」의 편집고문을 맡음. '구인회' 문학친목단체를 결성 「해협의 오전 3시」, 산문 「소곡」 등을 발표.
1934(33세)	장녀 구원이 태어남.
1935(34세)	제1시집 정지용시집(鄭芝溶詩集)을 시문학사에서 출간.
1937(36세)	음력 3月, 북아현동 자택에서 부친(父親) 돌아가심.
1936(38세)	문장지 추천위원이 되어 조지훈, 박두진, 박목월, 김종한, 이한직, 박남수 등을 등단시킴.
1941(40세)	제2시집 백록담(白鹿潭)을 문장사에서 출간.
1945(44세)	이화여자전문학교(현 이화여자대학교)로 직장을 옮김. 담당과목은 한국어와 나전어(羅典語).
1946(45세)	경향신문 주간이 됨. 지용시선(芝溶詩選)을 을유문화사에서 출간.
1947(46세)	경향신문사의 주간직을 사임하고 이화여자대학교 교수로 복직함. 서울대 문리과대학 강사로 출강하여 시경(詩經)을 강의함.
1948(47세)	2월 이화여자대학교를 사임하고 녹번리 초당에서 서예를 하면서 소일함.
1949(48세)	문학독본(文學讀本)이 박문출판사에서, 산문(散文)이 동지사에서 출간됨.
1950(49세)	6 25전쟁이 일어나자 정치보위부에 구금되어 서대문 형무소에 정인택, 김기림, 박영희 등과 같이 수용되었다가 평양 감옥으로 이감, 이광수, 계광순 등 33인이 같이 수감되었다가 그 후 폭사당한 것으로 추정(부인 송재숙 씨는 70세 일기로 1971년 4월 15일 별세).

편집 후기 ※

　스물아홉 편의 역대 정지용문학상 수상 작품을 한 곳에 모았습니다.

여기에 수록된 시인들은 한국 현대 시를 대변하는 대표적인 시인들입니다.

　정지용문학상 수상 시인들의 수상작과 대표작을 같이 수록하여 시를 읽는 독자의 이해를 돕기로 하였습니다.

　이 책에 수록된 29편의 수상작과 29편의 대표작은 시를 사랑하는 분들에게 귀한 선물이 되리라 생각합니다.